# Joyeux Noël, Peppa!

Texte français de Josée Leduc

Catalogage avant publication de Bibliothèque et Archives Canada

Peppa's Christmas wish. Français.
Joyeux Noël, Peppa! / texte français de Josée Leduc.

(Peppa Pig)
Traduction de: Peppa's Christmas wish.
"Ce livre est basé sur la série télévisée Peppa Pig."
"Peppa Pig est une création de Neville Astley et Mark Baker."
ISBN 978-1-4431-6958-5 (couverture souple)

I. Astley, Neville, créateur  II. Baker, Mark, 1959-, créateur
III. Titre.  IV. Titre: Peppa's Christmas wish. Français.

PZ23.J69 2018          j823'.92          C2018-901999-9

Cette édition est publiée en accord avec Entertainment One.
Ce livre est basé sur la série télévisée *Peppa Pig*.
*Peppa Pig* est une création de Neville Astley et Mark Baker.

Édition publiée par les Éditions Scholastic, 604, rue King Ouest,
Toronto (Ontario)  M5V 1E1 CANADA.

5 4 3 2 1     Imprimé en Malaisie  108     18 19 20 21 22

C'est la veille de Noël. Peppa, George et leurs amis sont à bord du train des lutins de Noël.
Tchou! Tchou!

Ils vont à l'atelier du père Noël.
Tout le monde est joyeux!

— Ho! Ho! Ho! glousse le père Noël.
J'espère que vous avez tous été bien sages!
Puis il dresse la liste de ce que chacun
aimerait recevoir à Noël.

George aimerait avoir une voiture de course.
Peppa voudrait une poupée.

Peppa et sa famille passent Noël avec Grand-Mère et Grand-Père Cochon.
— Tu peux mélanger la pâte pour le pouding de Noël, dit Grand-Mère Cochon. Et n'oublie pas de faire un vœu!

Bientôt, il est l'heure d'aller au lit.

— J'espère que le père Noël sait où habitent Grand-Mère et Grand-Père Cochon, chuchote Peppa avant de s'endormir.

Le jour de Noël, Peppa et sa famille dégustent le pouding.

— C'est délicieux! s'exclame Maman Cochon. Je me demande quel vœu tu as fait lorsque tu as préparé le pouding, Peppa.

C'est l'heure d'ouvrir les cadeaux.
George reçoit une voiture de course.

## Vroum! Vroum!

Mais il n'y a rien pour Peppa sous le sapin.
— Le père Noël m'a oubliée, dit tristement Peppa.

Le père Noël est sur le chemin du retour dans son traîneau quand il aperçoit soudain quelque chose au fond de sa hotte.

— Ho! Ho! Ho! s'écrie-t-il. Il me reste un cadeau à livrer!

Le père Noël dégringole de la cheminée de Grand-Mère et Grand-Père Cochon.

— Voici ton cadeau, Peppa, dit-il en pouffant de rire.

— Mon vœu est exaucé! s'écrie Peppa. Je souhaitais que le père Noël nous rende visite le jour de Noël, et il est ici!

Hourra pour le père Noël!

# Jour de neige!

Il neige aujourd'hui! Peppa et George
sont contents!
   — Est-ce qu'on peut aller jouer dehors?
demande Peppa.
   — Oui! répond Maman Cochon.
Mais il faut bien vous emmitoufler.

Les deux petits cochons enfilent des vêtements de laine chauds et se ruent dehors.

— Allons, George, faisons des traces dans la neige! s'écrie Peppa.

*Splaf!* Peppa court si vite qu'elle tombe
dans la neige la tête la première!
— Hi, hi, hi! glousse George.
— Ce n'est pas drôle, riposte Peppa.

— George! crie Peppa. Faisons des boules de neige!

Peppa ramasse de la neige et la roule entre ses mains avant de la lancer à George en riant.

George rigole, lui aussi. Il veut faire une boule de neige comme Peppa.

Une fois qu'ils ont fini de jouer, Peppa a une idée.
— Faisons un bonhomme de neige, propose-t-elle.
Peppa et George roulent de grosses boules de neige.
Puis ils trouvent des branches pour faire les bras du
bonhomme de neige, et des cailloux pour faire les
yeux et la bouche.

Ensuite, Peppa fait le nez du bonhomme de neige avec une grosse carotte orange.

— Il a besoin de vêtements pour rester au chaud, dit Peppa.

George court à la maison chercher quelques articles en laine.

Le bonhomme de neige est très heureux!

Maman et Papa Cochon sortent dehors.
Maman porte des vêtements de laine
chauds, mais Papa semble avoir froid.
De plus, il a l'air grognon.

— Je ne sais pas où sont passés mes
vêtements d'hiver, dit Papa Cochon.

— Je crois que j'en ai une idée, répond
Maman Cochon en souriant.

C'est le bonhomme de neige qui porte la tuque,
le foulard et les mitaines de Papa Cochon!
Peppa, George, Maman et Papa Cochon rient tellement
qu'ils tombent tous à la renverse dans la neige.
Quelle belle journée d'hiver!